FRANCISCO LIMA NETO

LAUDELINA
Laudelina de Campos Mello

1ª edição – Campinas, 2021

"A experiência de crescer em uma sociedade desigual e preconceituosa faria com que Laudelina se tornasse uma importante ativista na luta por uma sociedade mais justa."

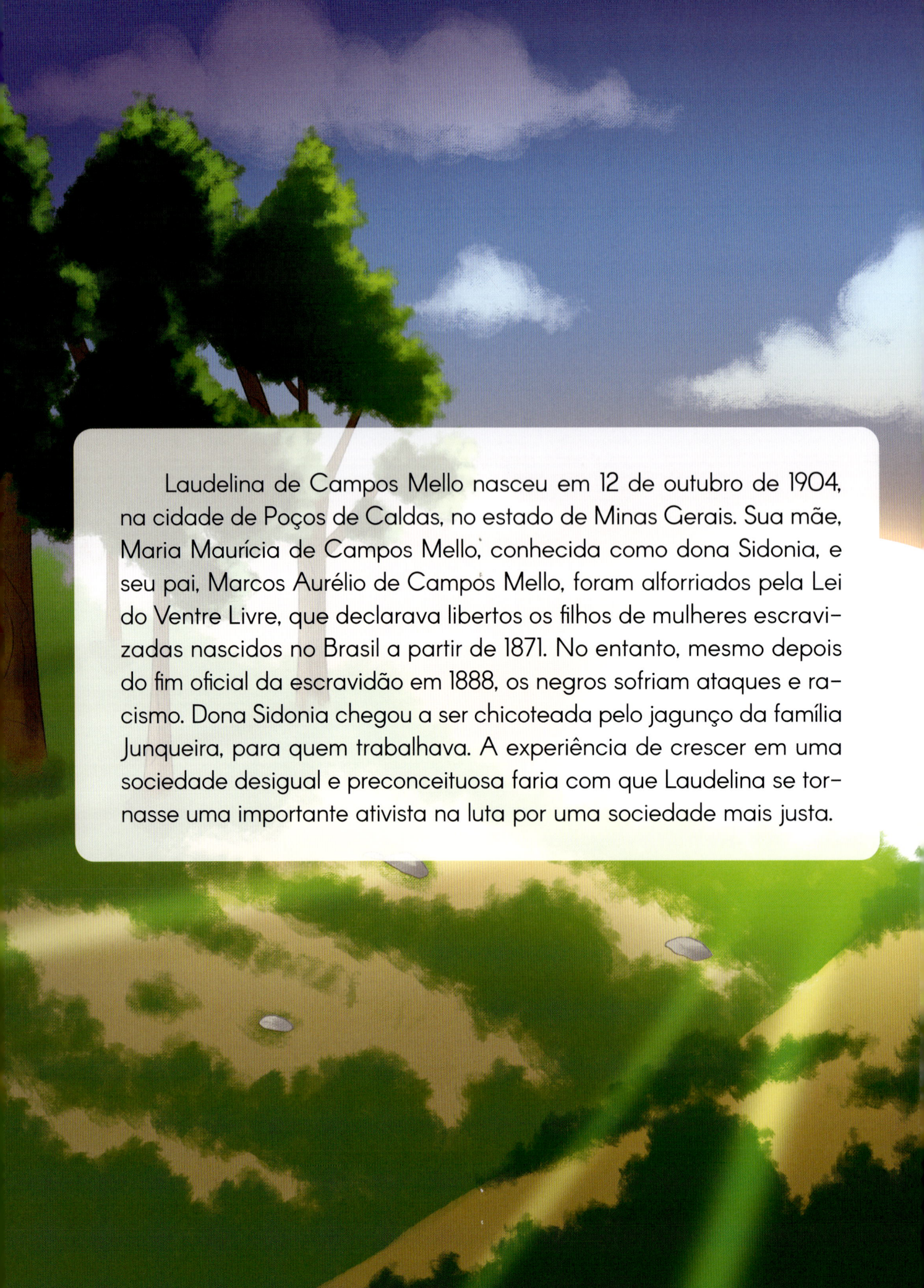

Laudelina de Campos Mello nasceu em 12 de outubro de 1904, na cidade de Poços de Caldas, no estado de Minas Gerais. Sua mãe, Maria Maurícia de Campos Mello, conhecida como dona Sidonia, e seu pai, Marcos Aurélio de Campos Mello, foram alforriados pela Lei do Ventre Livre, que declarava libertos os filhos de mulheres escravizadas nascidos no Brasil a partir de 1871. No entanto, mesmo depois do fim oficial da escravidão em 1888, os negros sofriam ataques e racismo. Dona Sidonia chegou a ser chicoteada pelo jagunço da família Junqueira, para quem trabalhava. A experiência de crescer em uma sociedade desigual e preconceituosa faria com que Laudelina se tornasse uma importante ativista na luta por uma sociedade mais justa.

Certa vez, quando Laudelina, ainda criança, ia para a escola, os filhos de um juiz da cidade a insultaram com xingamentos racistas e a agrediram com pedras. A menina revidou as pedradas e quebrou sem querer uma vidraça. O juiz mandou prender dona Sidonia. Depois de muita discussão, em que mãe e filha não baixaram a cabeça diante da injustiça, o juiz resolveu esquecer a história.

Muito jovem, Laudelina já trabalhava como empregada doméstica para ajudar na renda da família. Quando tinha 12 anos, uma tragédia marcou sua vida: o pai morreu num acidente enquanto trabalhava cortando madeira. Laudelina teve de abandonar a escola para cuidar de seus cinco irmãos menores e ajudar a mãe, que trabalhava preparando doces caseiros.

Desde cedo Laudelina demonstrou espírito de liderança. Aos 16 anos, foi eleita presidente do Clube 13 de Maio, que promovia atividades recreativas e políticas para os negros de Poços de Caldas. Aos 18 anos, mudou-se para São Paulo e, dois anos depois, casou-se com Geremias Henrique Campos Mello. Em 1924, o casal partiu para a cidade de Santos, no litoral de São Paulo. Eles tiveram dois filhos: Alaor e Neusa — esta morreu ainda pequena. O casamento chegaria ao fim em 1938.

Em 1936, Laudelina se filiou ao Partido Comunista Brasileiro e passou a se dedicar mais aos movimentos populares. No mesmo ano, ela fundou em Santos a primeira Associação de Trabalhadores Domésticos do Brasil. Laudelina afirmava que as empregadas domésticas viviam em péssimas condições, trabalhavam por mais de 20 anos e depois viviam abandonadas nas ruas, pedindo esmolas.

Laudelina também participou da fundação da Frente Negra Brasileira, que chegou a ter 30 mil filiados na década de 1930. Em 1948, Laudelina se mudou para a cidade de Mogi das Cruzes, interior de São Paulo, onde foi convidada a gerenciar um hotel-fazenda. No entanto, sua patroa morreu, e Laudelina perdeu o emprego. No ano seguinte, mudou-se para a cidade de Campinas, também no interior de São Paulo.

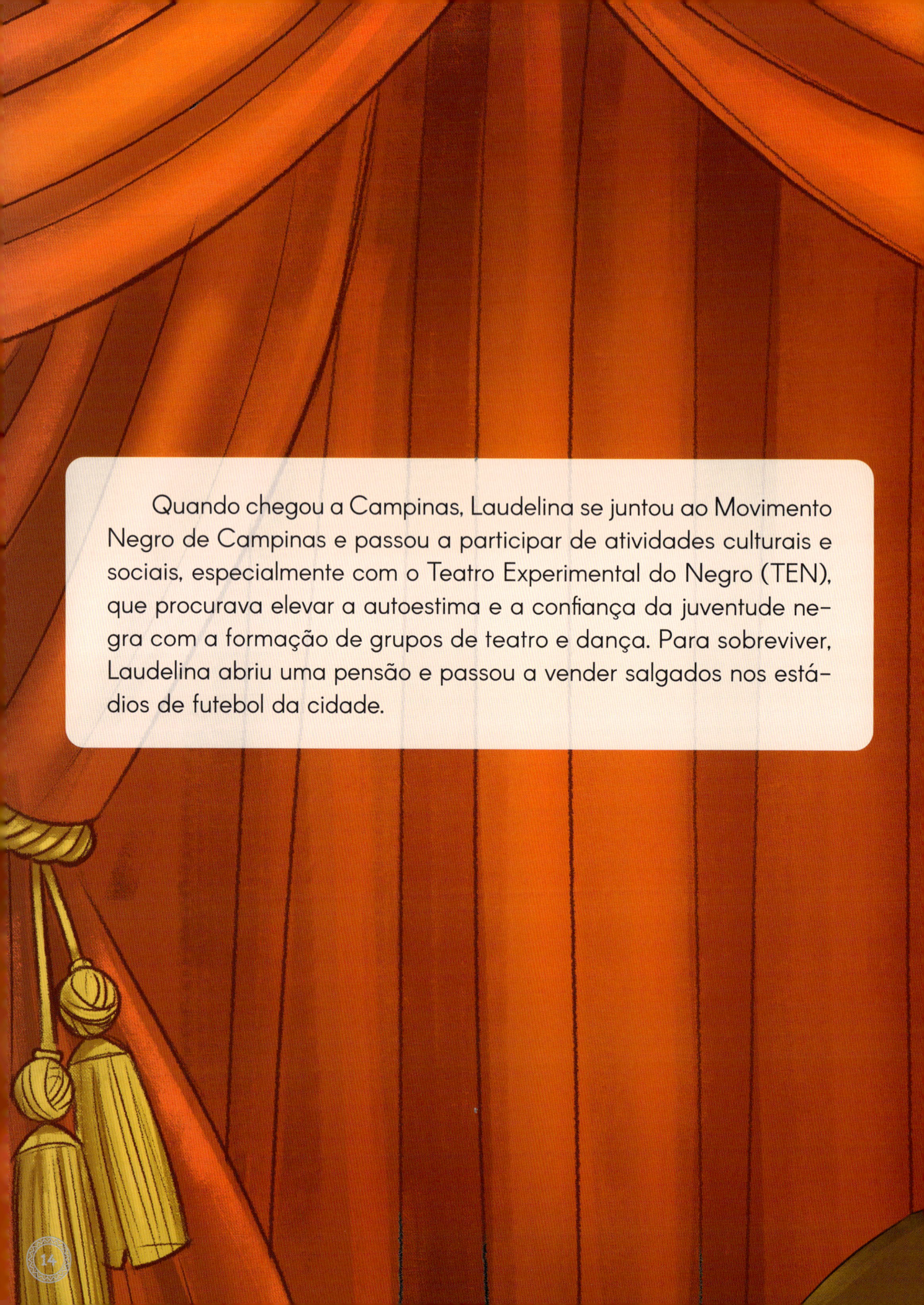

Quando chegou a Campinas, Laudelina se juntou ao Movimento Negro de Campinas e passou a participar de atividades culturais e sociais, especialmente com o Teatro Experimental do Negro (TEN), que procurava elevar a autoestima e a confiança da juventude negra com a formação de grupos de teatro e dança. Para sobreviver, Laudelina abriu uma pensão e passou a vender salgados nos estádios de futebol da cidade.

Laudelina foi percebendo muitos atos de racismo na sociedade que a cercava. Os negros eram proibidos de entrar nos principais clubes da cidade. Os clubes promoviam bailes de debutantes, e as meninas negras não podiam debutar. Além disso, as crianças negras eram impedidas de acompanhar as matinês realizadas pela Rádio Gazeta, conhecidas como Gazetinhas, e eram retiradas das filas. Indignada, Laudelina criou em 1955 a Escola de Bailados Santa Efigênia, dedicada às crianças negras que queriam dançar balé e tocar piano.

Nesse período, os concursos de beleza excluíam as mulheres negras de suas passarelas. Laudelina, que não era de baixar a cabeça, resolveu agir e criar o Concurso Pérola Negra de Campinas. De início, poucos acreditaram no evento.

Contudo, ocorreu uma união de várias lideranças negras, o que chamou a atenção do jornal "Diário do Povo", que passou a apoiar o evento. Outro apoio poderoso veio da Associação Cultural dos Negros do Estado de São Paulo, que atraiu entidades de diversas cidades, como São Paulo e Rio de Janeiro.

Com essa força, o movimento conseguiu que o evento fosse realizado no Teatro Municipal de Campinas, berço da elite.

A elite branca ficou surpresa quando o baile chamou a atenção da revista "O Cruzeiro", a publicação mais importante da época. Um trecho da publicação de 1957 dizia: "Pela primeira vez no Brasil, a sociedade negra de uma cidade realizou um baile de gala e escolheu a sua rainha no ambiente suntuoso de um teatro municipal". A vencedora, Marcília Gama, também militante da causa, foi coroada pessoalmente pelo vice-governador Porfírio da Paz.

Laudelina seguiu em frente com sua luta. Ela notou que os anúncios de empregos publicados na imprensa deixavam claro a preferência por mulheres brancas. Assim, Laudelina passou a protestar contra as publicações. Em 1961, ela fundou a Associação Profissional Beneficente das Empregadas Domésticas para defender os direitos das empregadas, pois não existiam leis trabalhistas para a categoria.

A Associação lutava contra o preconceito e oferecia alfabetização para as mulheres como um primeiro passo para a conscientização e reivindicação de direitos. Além disso, também estimulava a solidariedade entre as trabalhadoras.

Por causa de sua experiência, a partir de 1962 Laudelina foi convidada a participar da organização de diversas associações em São Paulo e no Rio de Janeiro, mas sem deixar de lado a luta no movimento negro e feminista.

Em 1968, Laudelina adoeceu durante o processo de sucessão da Associação, o que causou o fim da entidade. Entretanto, ela prosseguiu na defesa das domésticas e se tornou referência nacional na luta pelos direitos das trabalhadoras domésticas. A atuação de Laudelina na década de 1970 foi fundamental para a categoria conquistar o direito à Carteira de Trabalho e à Previdência Social.

As atividades da Associação ficaram paradas em Campinas por mais de dez anos. Em 1982, Laudelina foi procurada por antigas companheiras e trabalhou na reestruturação da entidade, permitindo que a antiga Associação se transformasse em sindicato em 20 de novembro de 1988, data em que é celebrada a trajetória de Zumbi dos Palmares.

Laudelina também atuou junto a universidades brasileiras durante 30 anos. Ela foi eleita chefe do Departamento de Sociologia da Pontifícia Universidade Católica do Rio de Janeiro (PUC-RJ).

Laudelina morreu em Campinas aos 86 anos, no dia 22 de maio de 1991, no mês da Abolição da Escravatura. Ela deixou sua casa para o sindicato.

Em 1989, foi criada em Campinas a ONG Casa Laudelina de Campos Mello — Organização da Mulher Negra, que combate o racismo e o machismo por meio de políticas públicas que promovem a igualdade e a diversidade.

O documentário "Laudelina: Lutas e Conquistas", produzido em 2015 numa parceria entre o Museu da Cidade e o Museu da Imagem e do Som (MIS) de Campinas, celebra a história de vida da líder sindical. O filme combina a interpretação da atriz Olívia Araújo e trechos de uma entrevista com com Laudelina, realizada em 1989.

Querido leitor,

A editora MOSTARDA é a concretização de um sonho. Fazemos parte da segunda geração de uma família dedicada aos livros. A escolha do nome da editora tem origem no que a semente da mostarda representa: é a menor semente da cadeia dos grãos, mas se transforma na maior de todas as hortaliças. Assim, nossa meta é fazer da editora uma grande e importante difusora do livro, e que nessa trajetória possamos mudar a vida das pessoas. Esse é o nosso ideal.

As primeiras obras da editora MOSTARDA chegam com a coleção BLACK POWER, nome do movimento pelos direitos dos negros ocorrido nos EUA nas décadas de 1960 e 1970, luta que, infelizmente, ainda é necessária nos dias de hoje em diversos países.

Sempre nos sensibilizamos com essa discussão, mas o ponto de partida para a criação da coleção ocorreu quando soubemos que dois de nossos colaboradores, Renan e Thiago, já haviam sido vítimas de racismo. Sempre os incentivamos a se dedicar ao máximo para superar os obstáculos e os desafios de uma sociedade injusta e preconceituosa. Hoje, Thiago é professor de Educação Física, e Renan, que está se tornando um poliglota, continua no grupo, destacando-se como um dos melhores funcionários.

Acreditando no poder dos livros como força transformadora, a coleção BLACK POWER apresenta biografias de personalidades negras que são exemplos para as novas gerações. As histórias mostram que esses grandes intelectuais fizeram e fazem a diferença.

Os autores da coleção, todos ligados às áreas da educação e das letras, pesquisaram os fatos históricos para criar textos inspiradores e de leitura prazerosa. Seguindo o ideal da editora, acreditam que o conhecimento é capaz de desconstruir preconceitos e abrir as portas do pensamento rumo a uma sociedade mais justa.

Pedro Mezette
CEO Founder
Editora Mostarda

EDITORA MOSTARDA
www.editoramostarda.com.br
Instagram: @editoramostarda

© Francisco Lima Neto, 2021
© A&A Studio de Criação, 2021

Direção:	Fabiana Therense
	Pedro Mezette
Coordenação:	Andressa Maltese
Texto:	Gabriela Bauerfeldt
	Maria Julia Maltese
	Orlando Nilha
Revisão:	Marcelo Montoza
	Nilce Bechara
Ilustração:	Leonardo Malavazzi
	Lucas Coutinho
	Kako Rodrigues
	Henrique Soares

Nota: Os profissionais que trabalharam neste livro pesquisaram e compararam diversas fontes numa tentativa de retratar os fatos como eles aconteceram na vida real. Ainda assim, trata-se de uma versão adaptada para o público infantojuvenil que se atém aos eventos e personagens principais.

Dados Internacionais de Catalogação na Publicação (CIP)
(Câmara Brasileira do Livro, SP, Brasil)

Lima Neto, Francisco
  Laudelina : Laudelina de Campos Mello / Francisco Lima Neto. -- 1. ed. -- Campinas, SP : Editora Mostarda, 2021.

  ISBN 978-65-88183-11-3

  1. Biografia 2. Direitos das mulheres 3. Empregados domésticos - Brasil 4. Feminismo 5. Mello, Laudelina de Campos, 1904-1991 - Literatura infantojuvenil 6. Racismo - Brasil - Literatura infantojuvenil I. Título.

21-55678   CDD-028.5

Índices para catálogo sistemático:

1. Negras na Literatura brasileira : Literatura infantil   028.5
2. Negras na Literatura brasileira : Literatura infantojuvenil   028.5

Maria Alice Ferreira - Bibliotecária - CRB-8/7964

LAUDELINA
Laudelina de Campos Mello

A coleção **BLACK POWER** apresenta biografias de personalidades negras que marcaram época e se tornaram inspiração e exemplo para as novas gerações. Os textos simples e as belas ilustrações levarão os pequenos leitores a uma viagem repleta de fatos históricos e personagens que se transformaram em símbolo de resistência e superação.

Esta obra conta a trajetória de Laudelina de Campos Mello, defensora dos direitos das mulheres, ativista antirracista e pioneira na luta por justiça e dignidade para as trabalhadoras domésticas no Brasil.

ISBN 978-65-88183-11-3

Coleção BLACK POWER

MOSTARDA EDITORA